Trois Héros de la colonie de Montréal

Paul Dupuy

Édition et mise en page : Culturea (Hérault, 34)
Retrouvez notre catalogue sur http://culturea.fr/
Contact : infos@culturea.fr
Imprimé en Allemagne par Books on Demand Gmbh
Design typographique et layout : Derek Murphy et Reedsy
ISBN : 9791041998647
Date de parution : Mai 2024

MM. JACQUES LE MAITRE ET GUILLAUME VIGNAL, prêtres de Saint-Sulpice.

1659-1661

I - ARRIVÉE DE MM. LE MAITRE ET VIGNAL EN CANADA.

MM. Jacques Le Maître et Guillaume Vignal quittèrent la France le 2 juillet 1659, fête de la Visitation. Sur le vaisseau qui les emportait, se trouvaient Mlle Mance, revenant après sa guérison miraculeuse et amenant trois soeurs hospitalières ; les soeurs de Brésoles, Macé, Maillet ; la soeur Bourgeoys et les soeurs Aimée Chatel, Catherine Crolo et Marie Raisin qui avec la soeur Bourgeoys formèrent le noyau de cette congrégation de Notre-Dame qui a rendu à notre pays des services si inappréciables, et près de deux cents passagers.

La traversée fut très pénible ; à peine en mer, la peste se déclara sur le vaisseau, qui depuis deux ans, ayant servi d'hôpital, en était infecté et un grand nombre de passagers furent violemment atteints de cette terrible maladie. Ce fut pour les hospitalières une occasion naturelle d'offrir leurs services pour soigner les pestiférés ; dès qu'elles eurent commencé à donner leurs soins qu'on avait d'abord refusés, la mortalité diminua, pour cesser bientôt tout à fait, quoiqu'il y eût encore beaucoup de malades. Les hospitalières ne se prodiguèrent pas seules pour le soulagement des pestiférés. "La soeur Bourgeoys, dit M. Dollier de Casson, fut bien celle qui travailla autant que toutes les autres pendant toute la traversée et que Dieu pourvut aussi de plus de santé pour cela. Les deux prêtres du séminaire, MM. Le Maître et Vignal assistaient les malades autant que leurs corps accablés par la maladie le leur permettaient. Ils soignèrent et assistèrent deux Huguenots dont ils eurent le bonheur d'obtenir l'abjuration."

A cette affreuse maladie dont furent plus ou moins atteints presque tous les passagers, se joignirent de terribles tempêtes et le manque d'eau douce jusqu'à l'arrivée dans le Saint-Laurent.

Enfin MM. Le Maître et Vignal, après avoir débarqué à Québec le 7 septembre l659, arrivèrent à Montréal vers la fin du mois et furent reçus avec de grandes démonstrations de joie par tous les colons, pour qui l'arrivée d'un prêtre était toujours un grand bonheur.
Lorsque M. de Maisonneuve, venu en France en l655, demanda à M. Olier d'envoyer à Montréal quelques-uns de ses prêtres pour y prendre soin de la colonie, celui-ci après avoir beaucoup prié Dieu, lui promit de choisir quelques ecclésiastiques de sa compagnie qu'il croirait les plus propres à cette oeuvre apostolique. Quand ses prêtres connurent ce dessein, tous briguèrent l'honneur de ce poste périlleux. L'un d'eux M. Le Maître, en s'offrant, lui dit qu'une fois en Canada, il courrait de toutes parts pour chercher des sauvages et irait même les trouver dans leur pays. "Vous n'en aurez pas la peine répondit M. Olier, ils viendront bien vous chercher eux-mêmes, et vous vous trouverez tellement entouré par eux que vous ne pourrez vous échapper de leurs mains."
Ce M. Le Maître auquel M. Olier fit cette réponse prophétique était le même prêtre dont nous venons de raconter l'arrivée à Montréal.
Les premières fonctions, celles d'économe, dont il fut chargé, ne paraissaient pas devoir donner raison à la prédiction de M. Olier ; aussi M. Le Maître, dont le plus grand désir était de se dévouer à la conversion des sauvages, ne les accepta que par obéissance. Cependant, espérant toujours qu'il arriverait à se trouver avec les Iroquois et qu'il pourrait exercer son zèle évangélique, il se mit sans tarder à apprendre leur langue. Il avait pour eux la plus grande affection, et, si quelques-uns d'entre eux paraissaient à Montréal, il usait des facilités que lui donnaient ses fonctions d'économe pour leur faire des largesses et leur donner à manger.

M. Le Maître avait une dévotion particulière envers saint Jean-Baptiste, et Dieu l'appela à lui du milieu de son désert en permettant que les Iroquois lui coupassent la tête le jour anniversaire de celui où "Hérode la fit trancher à ce célèbre habitant de la Judée : saint Jean-

Baptiste."

II - MARTYRE DE M. LE MAITRE, 29 AOÛT 1661.

Ce jour-là, 29 août 1661, M. Le Maître, après avoir dit sa messe, se dirigea vers la résidence de Saint-Gabriel, l'esprit préoccupé de la fête du jour, et désireux "de sacrifier sa tête pour Jésus-Christ comme son saint Précurseur." En qualité d'économe, il allait surveiller dans un champ 14 ou 15 ouvriers, chargés d'y retourner du blé mouillé. Chacun se mit à l'ouvrage de son côté, en laissant les armes dispersées en plusieurs endroits. Ils étaient d'autant plus imprudents en agissant ainsi qu'ils avaient dit eux-mêmes à M. Le Maître, quelques instants avant, qu'il y avait certainement des ennemis cachés non loin, à cause de quelques indices qu'ils avaient remarqués. Par suite de cet avis, M. Le Maître regardait de côté et d'autre dans les buissons pour voir s'il n'y avait pas des Iroquois en embuscade. En allant et venant il tomba presque dans une de ces embuscades, car récitant alors les petites heures de la décollation de saint Jean-Baptiste, et, obligé de tenir fréquemment les yeux sur son bréviaire, il ne put voir les ennemis que lorsque ceux-ci, après s'être approchés à petit bruit, sortirent du bois, et s'avancèrent vers lui dans l'intention de le prendre vivant, pendant que d'autres se mirent à courir sur les travailleurs.

M. Le Maître, pensant au danger des Français plutôt qu'au sien propre, résolut de disputer le passage aux Iroquois pour donner le temps aux colons de prendre leurs armes. Dans ce but il s'arma d'un couteau, dont il se couvrait comme d'un espadon, et se jeta entre les Iroquois et les travailleurs, en leur criant d'avoir bon courage et de prendre leurs armes pour défendre leur vie. Les Iroquois, voyant que ce prêtre leur barrait le chemin et les empêchait ainsi de tuer les Français, en conçurent un grand dépit.

Ils ne craignaient pas d'être blessés par M. Le Maître, mais ils étaient curieux contre lui parce qu'ils ne pouvaient l'approcher pour le prendre vivant et surtout parce qu'il avait averti les travailleurs et leur donnait le temps de se rendre en bon ordre à la résidence.
Aussi pour se venger de M. Le Maître, ils le tuèrent à coups de fusils. Quoique ayant reçu plusieurs blessures mortelles, M. Le Maître eut encore le courage de courir vers ses travailleurs en leur recommandant de se retirer, puis il expira.
Les Relations des Jésuites de 1661 parlent comme suit de M. Le Maître et de sa mort. "C'était trop peu pour notre malheur que tous les états, toutes les conditions, tous les âges eussent été cette année les victimes immolées à la fureur de nos ennemis : il fallait pour mettre le comble à nos infortunes, que l'Eglise eût part à ces sanglants sacrifices, et qu'elle mêlât son sang avec nos larmes par le massacre d'un de ses ministres sacrés, M. Le Maître, homme également zélé et courageux pour le salut des âmes.
"Ce bon prêtre surveillant des travailleurs, et s'étant un peu retiré d'eux pour réciter son office plus paisiblement, reçut soudain une décharge de fusils. Blessé à mort, il alla rendre l'âme aux pieds des Français qui se trouvèrent incontinent chargés de toutes parts, et investis par cinquante ou soixante Iroquois, qui, sortant du bois comme des lions de leurs cavernes, jetèrent d'abord mort par terre un des Français, et en prirent un second en vie, bien résolus à n'en laisser échapper aucun. Mais les autres qui restaient mirent aussitôt la main à l'épée, et, animés d'un grand courage, se firent jour à travers de ces Iroquois et se sauvèrent à la résidence de Saint-Gabriel.

Ainsi maîtres du champ de bataille, qu'on ne leur disputait pas, ces barbares tournèrent leur rage contre les morts, n'ayant pu le faire davantage sur les vivants."
Ce fut d'abord sur M. Le Maître qu'ils s'en prirent ; ils lui coupèrent la tête, ainsi qu'au travailleur Gabriel de Rié qu'ils avaient tué. M. Le Maître, né en Normandie, était âgé de quarante-quatre ans quand il

fut tué.
Pour bien montrer que dans la guerre qu'ils faisaient aux Français, ils avaient surtout en vue de combattre leur religion et sa propagation parmi eux, les Iroquois, après avoir tué M. Le Maître, poussèrent de grandes huées de joie pour avoir ainsi mis à mort un ministre de notre sainte religion, une robe noire comme ils appelaient les prêtres.
Puis, à ce que raconte la soeur Marie de l'Incarnation, "un renégat qui se trouvait parmi eux enleva la soutane de M. Le Maître, s'en revêtit, et, ayant mis sa chemise par dessus pour imiter le surplis, fit la procession autour du corps, en dérision de ce qu'il avait vu faire aux obsèques des chrétiens." Cet apostat marchait pompeusement ainsi couvert de cette précieuse soutane, en vue des Montréalais qu'il bravait avec insolence.

III - CIRCONSTANCES MERVEILLEUSES QUI SUIVIRENT LA MORT DE M. LE MAITRE.

La mort de M. Le Maître fut accompagnée et suivie de circonstances merveilleuses dont nous trouvons le récit dans les écrits des contemporains de ce martyr.

La soeur Bourgeoys, parlant de cette mort, dit qu'on regardait comme un fait constant que ce saint prêtre avait parlé après que sa tête avait été séparée de son corps. Elle ajoute aussi, M. Le Maître eut la tête coupée par les sauvages, le jour de la décollation de saint Jean-Baptiste, proche Montréal ; et l'on rapporte que l'on avait vu sur son mouchoir, dans lequel on avait emporté sa tête, les traits de son visage empreints si fortement qu'on pouvait le reconnaître.

"Quelque temps après, comme je me disposais pour aller en France, j'eus la pensée de m'assurer de ce fait, afin que, si on me demandait si cela était véritable, je susse ce que je devais en dire. Je fus donc trouver Lavigne, que l'on avait ramené du pays des Iroquois : car il avait été pris et les sauvages lui avaient arraché un doigt. Il me dit que cela était véritable, qu'il en était assuré, non pour l'avoir entendu dire, mais pour l'avoir vu ; qu'il avait promis tout ce qu'il avait pu aux sauvages pour avoir ce mouchoir, les assurant que, quand il serait à Montréal, il ne manquerait pas de les satisfaire : ce que cependant ils ne voulurent pas accepter disant que ce mouchoir était pour eux un pavillon pour aller en guerre, et qui les rendrait invincibles."

Dans les annales des hospitalières de Saint-Joseph nous lisons aussi : "Après que les Iroquois eurent décapité M. Le Maître, ils mirent sa tête dans un mouchoir blanc, qu'apparemment ils avaient pris dans la poche du défunt, et, l'ayant ainsi emportée dans son pays il arriva une merveille qui mérite d'être décrite, pour votre édification.

"C'est que la face de ce serviteur de Dieu, et tous les traits de son visage demeurèrent sur la toile de ce mouchoir, en sorte que ceux qui avaient eu l'avantage de le connaître pendant sa vie, le reconnaissaient parfaitement. Ce qu'il y a de particulier, c'est qu'on ne voyait plus de sang au mouchoir qui était au contraire très blanc ; mais il paraissait dessus comme une cire blanche très fine, qui représentait la face au serviteur de Dieu : ce qui ne peut pas être arrivé naturellement. Quelques-uns de nos Français prisonniers dans cette nation le reconnurent parfaitement. C'est ce que nous ont dit plusieurs fois M. de Saint-Michel, M. Cuillerier, personnes dignes de foi, ainsi qu'un père jésuite, qui était prisonnier dans ce temps-là, dans une autre nation que celle qui avait tué ce saint homme. Il nous a dit en avoir ouï parler comme d'une chose très vraie, quoique il ne l'ait pas vu lui-même ; et que les sauvages en parlaient les uns aux autres avec étonnement, comme d'un prodige qu'ils reconnaissaient très extraordinaire. Ils ajoutaient que cet homme était réellement un grand démon : ce qui veut dire parmi eux un homme excellent et tout esprit.

"Ils conçurent même une vive crainte de cette image, dans l'appréhension où ils étaient que le défunt ne se vengeât et ne fit la guerre à leur nation. Le père jésuite ajoute : J'ai bien fait mon possible pour avoir ce mouchoir, mais je n'ai pu y réussir. Les Iroquois se cachaient de moi, à cause que j'étais une robe noire, comme le défunt ; c'est pourquoi, pour se défaire de cette image, ils vendirent le mouchoir aux Anglais. Le père jésuite s'efforça de l'acheter de ces derniers, mais sans succès ; les sauvages ayant menacé de les détruire s'ils le lui donnaient."

Enfin, pour terminer, donnons le récit de M. Dollier de Casson.

"On raconte, dit-il, une chose bien extraordinaire de M. Le Maître, c'est que le sauvage qui emportait sa tête, l'ayant enveloppée dans le mouchoir du défunt, ce linge reçut tellement l'impression de son

visage, que l'image en était parfaitement gravée dessus, et que voyant le mouchoir, on reconnaissait M. Le Maître. Lavigne, ancien habitant de ce lieu, homme des plus résolus, m'a dit avoir vu le mouchoir imprimé pendant qu'il était prisonnier chez les Iroquois et que ces malheureux y arrivèrent après avoir fait ce méchant coup. Il assure que le capitaine de ce parti, ayant tiré le mouchoir de M. Le Maître, à son arrivée, lui, Lavigne, ayant reconnu ce visage, se mit à crier : "Ah ! malheureux, tu as tué Asonandio (c'était ainsi que les Iroquois appelaient M. Le Maître), car je vois sa face sur son mouchoir."
"Ces sauvages honteux et confus resserrèrent alors ce linge sans que jamais depuis ils l'aient voulu montrer ni donner à personne, pas même au R.P. Simon Le Moine, qui sachant la chose fit tout son possible pour l'avoir."
Et M. Dollier de Casson ajoute : "Je vous dirai qu'on m'a rapporté bien d'autres choses assez extraordinaires à l'égard de la même personne, dont une partie était comme les pronostics de ce qui devait lui arriver un jour, et l'autre se rapportait à l'état des choses présentes et à celui dans lequel apparemment toutes les choses seront bientôt. M. Le Maître a parlé assez ouvertement, durant sa vie, de tout ceci à une religieuse et à quelques autres, pour que je fusse autorisé à en parler si j'en voulais dire quelque chose. Mais je laisse le tout entre les mains de Celui qui est le maître des temps et des événements, et qui en cache la connaissance ou bien la donne à qui bon lui semble."
On conçoit la réserve de M. Dollier de Casson, prêtre de Saint-Sulpice, parlant d'un de ses confrères ; cette réserve est bien naturelle et pleine de délicatesse.

Quoi qu'il en soit, d'ailleurs, des circonstances merveilleuses qui accompagnèrent et suivirent la mort de M. Le Maître ; que l'on veuille ou non admettre comme miraculeux les faits que nous venons de raconter, d'après les écrits des contemporains, on n'en doit pas moins regarder M. Le Maître comme un martyr. Sa mort a été prompte, il est vrai ; il n'a eu à subir de la part de ses assassins ni supplices, ni tortures ; mais ce qui constitue le martyre ce n'est pas la longueur plus ou moins grande des souffrances endurées, ce n'est pas la cruauté plus ou moins raffinée des bourreaux ; c'est la volonté de donner sa vie pour sa foi, pour son Dieu. M. Le Maître avait cette volonté ; il brûlait du désir d'être envoyé au Canada pour travailler à la conversion des sauvages et, dès le premier jour, il avait fait le sacrifice complet de sa vie pour gagner à Notre-Seigneur ces barbares idolâtres.

IV - MARTYRE DE M. VIGNAL, 27 OCTOBRE 1661.

Bien peu de temps—deux mois à peine—après que M. Jacques Le Maître eut reçu la couronne du martyre, la compagnie de Saint-Sulpice et la colonie furent de nouveau cruellement éprouvées par le massacre de M. Vignal, prêtre de Saint-Sulpice.

Comme nous l'avons déjà dit, M. Vignal était arrivé à Montréal en même temps que M. Le Maître vers la fin de septembre 1659, et, comme lui "il reçut la mort de la main de ceux pour lesquels il avait voulu souvent donner sa vie."

Ayant succédé comme économe à M. Le Maître, M. Vignal s'empressa de faire continuer la bâtisse qui devait servir de logement aux Messieurs de Saint-Sulpice. Ceux-ci, depuis leur arrivée à Montréal, étaient logés provisoirement à l'Hôtel-Dieu, et en cette année 1661, ils faisaient bâtir, en face du fleuve, la maison du séminaire. Pour hâter son achèvement, M. Vignal obtint de M. de Maisonneuve l'autorisation d'aller avec quelques hommes chercher des pierres dans une petite île appelée l'Ile-à-la-Pierre, située au-dessus de l'île Sainte-Hélène, justement vis-à-vis le port de Montréal.

Dès que M. Vignal eut obtenu l'autorisation de M. de Maisonneuve il ne songea qu'à s'embarquer promptement sans se préoccuper des Iroquois dont pourtant on avait signalé la présence dans l'île, et, à peine arrivés, lui et ses compagnons allèrent insouciamment à leur travail qui d'un côté, qui de l'autre, sans avoir même la précaution de prendre leurs armes avec eux. "Un d'entre eux, dit M. Dollier de Casson, qui ne fut pas le moins surpris, alla vaquer à ses nécessités, se mettant sur le bord de l'embuscade des ennemis, auxquels il tourna le derrière. Un Iroquois, indigné de cette insulte, sans dire un mot, le piqua d'un coup de son épée.

Cet homme qui n'avait jamais éprouvé de seringue si vive et si pointue, fit un bond en recevant cette piqûre, et se mit à courir à la voile vers ses compagnons. Ceux-ci virent de suite l'ennemi et l'entendirent faire une grosse huée, ce qui effraya tellement nos gens dont une partie n'était pas encore débarquée, que tous généralement ne songèrent qu'à s'enfuir, s'oubliant ainsi de leur bravoure ordinaire."

Malheureusement, le chef de cette petite troupe Claude de Brigeac, jeune gentilhomme de 30 ans, "venu à Villemarie comme soldat, par pur motif de religion, dans l'intention d'y sacrifier sa vie pour l'établissement de l'église catholique," et dont M. de Maisonneuve avait fait son secrétaire particulier, n'était pas encore débarqué.

En voyant l'épouvante et la déroute des Français il se jette à terre en encourageant ses hommes à la résistance. Ces exhortations ne produisirent aucun effet sur ces soldats épouvantés, gui ne secondèrent nullement les efforts de leur chef, et laissèrent ainsi la victoire aux Iroquois.

Quoique seul, M. de Brigeac par sa fière attitude effraya les sauvages et les arrêta pendant quelque temps : ce qui permit aux Français de fuir et les empêcha d'être tous faits prisonniers. Mais bientôt les ennemis voyant M. de Brigeac tout seul, devinrent plus courageux et se jetèrent sur lui. Ce brave, conservant tout son sang-froid, ajuste le capitaine des Iroquois et le tue d'un coup de fusil. Cette mort effraya tellement les autres sauvages que pendant quelques instants, ils hésitèrent à affronter le coup de pistolet que M. de Brigeac avait encore à tirer. Cependant, honteux d'être tenus en échec par un seul homme, ils font sur lui une décharge qui lui casse le bras droit et fait tomber le pistolet qu'il tenait à la main.

Il parait qu'il eut assez de courage pour le reprendre, et qu'il ne cessait de le leur présenter quoiqu'il eût le bras rompu. Mais n'ayant pas la force de le tirer, il se jette à l'eau ; les Iroquois s'y jettent après lui, et, l'ayant pris, le traînent sur les rochers la tête et le visage en bas presque tout autour de l'île. D'autres, pendant ce temps, tirent sur un bateau et tuent plusieurs personnes, entre autres deux braves fils de famille : J.-Bte Moyen, âgé de 19 ans, et Joseph Duchesne, âgé de 20 ans, qui, sans faire attention à ses blessures, exhortait son camarade à bien mourir, quand il tomba lui-même raide mort dans le bateau.

M. Vignal, déjà blessé d'un coup d'épée, voyant tout son monde dans une telle déroute, voulut monter dans le canot d'un des meilleurs colons, René Cuillérier. Pour s'aider à y embarquer, il saisit le fusil, mais par un faux mouvement, il le fit tremper dans l'eau, le rendant ainsi inutile. Les Iroquois qui ont aperçu cet accident si funeste, criblent de coups de fusil le canot avant qu'il ait pu gagner le large. M. Vignal tombe couvert de blessures et est fait prisonnier avec Cuillérier. Il est jeté "comme un sac de blé" dans un canot des Iroquois, et son compagnon d'infortune est mis dans un autre.

Malgré les vives souffrances que lui faisaient éprouver ses blessures, M. Vignal, tout couvert de sang, se levait fréquemment et adressait aux prisonniers, proches de lui dans d'autres canots, des paroles d'encouragement et de consolation : "Tout mon regret, au milieu des souffrances que j'endure, est d'être la cause que vous soyez dans un si triste état ; mes amis, prenez courage, endurez pour l'amour de Dieu." Ces paroles prononcées par un homme qui était lui-même tant à plaindre, crevaient le coeur de tous ces pauvres captifs.

Les Iroquois ayant traversé le fleuve, allèrent débarquer à la prairie de la Madeleine.

Là ils donnèrent des soins aux blessés pour pouvoir les amener comme des trophées de victoire dans leurs tribus. Mais M. Vignal avait reçu des blessures si graves que les Iroquois renoncèrent bientôt à le guérir, et voyant qu'ils ne pourraient l'amener jusques en leur pays, ils le tuèrent deux jours après, le 27 octobre 1661, puis ayant fait rôtir son corps sur un bûcher, ils le mangèrent. "Ils lui donnèrent ainsi, dit M. Dollier de Casson, d'offrir à son créateur, le sacrifice de son corps en odeur de suavité, étant brûlé sur un bûcher comme le grain d'encens sur le charbon sans qu'il restât rien de son corps."

Cette robe noire dont les sauvages voulaient faire leur plus beau trophée et qui devait être la victime sur laquelle se serait exercée leur cruauté, venant à leur manquer, ces bourreaux redoublèrent de soins envers M. de Brigeac pour qu'il pût arriver jusque dans leur pays. Il fut enfin capable de marcher, mais il ne les suivait qu'avec la plus grande peine, à cause des blessures qu'il avait reçues au bras droit, à la tête, aux pieds et par tout le corps. Tout en cheminant, et malgré ses souffrances, il ne cessait de prier Dieu. Lorsqu'ils furent enfin arrivés, ses bourreaux commencèrent à lui faire subir les tortures auxquelles ils le destinaient, tortures qu'ils voulaient rendre aussi cruelles que possible pour venger la mort de leur capitaine. Ils lui arrachèrent les ongles, les bouts des doigts et les fumèrent ensuite ; ils lui coupèrent des lambeaux de chair, tantôt dans un endroit, tantôt dans un autre ; ils l'écorchèrent, le rouèrent de coups de bâton, lui appuyèrent des charbons ardents et des fers chauds sur sa chair mise à nu, enfin ils n'épargnèrent rien pendant les vingt-quatre heures que dura son supplice pour le rendre plus douloureux.

Leur rage s'augmentait de la patience et du courage de ce malheureux "qui, au milieu des plus atroces tortures, ne faisait que prier Dieu pour la conversion et le salut de ses bourreaux, ainsi qu'il avait promis à Dieu de le faire, en se voyant sur le point d'entrer dans ces tortures."
Les Relations des Jésuites de 1665 racontent ainsi le supplice de M. de Brigeac : "Il fut brûlé toute la nuit depuis les pieds jusqu'à la ceinture, et le lendemain on continua encore à le brûler, après lui avoir cassé les doigts. Durant cette sanglante et cruelle exécution, il ne cessa jamais de prier Dieu pour la conversion de ces barbares offrant pour eux toutes les douleurs qu'ils lui faisaient endurer, faisant à Dieu cette prière : Mon Dieu, convertissez-les, et répétant toujours ces paroles sans pousser un seul cri de plainte, quelque affreuses que furent ses tortures."
Ce courage à supporter les supplices les plus cruels, cette sollicitude et cette compassion pour les bourreaux étonnent moins quand on réfléchit à la pureté de la vie de ce gentilhomme, et au dessein qui l'avait fait venir à Villemarie pour offrir sa vie à Dieu en assistant les habitants d'une ville si exposée aux coups des sauvages.

V - M. VIGNAL JUGÉ PAR SES CONTEMPORAINS.

La mort de M. Vignal, arrivant si peu de temps après celle de M. Le Maître, plongea dans la douleur la plus profonde tous les colons. Ce digne prêtre, si remarquable par sa charité, son humilité, son esprit de pénitence et son zèle d'apôtre, avait, quoique arrivé depuis deux ans seulement à Villemarie, conquis l'estime et l'affection de tous. On attendait beaucoup de lui, Dieu ne lui laissa pas le temps de produire tous ses fruits.

Les contemporains ont rendu à ses vertus les plus éclatants témoignages.

"La vie de M. Vignal, lit-on dans la Relation des Jésuites de 1662, était d'une très douce odeur à tous les Français par la pratique de l'humilité, de la charité, de la pénitence, vertus qui étaient rares en lui et qui le rendaient aimable à tout le monde ; et sa mort a été bien précieuse aux yeux de Dieu, puisqu'il l'a reçue de la main de ceux pour lesquels il a souvent voulu donner sa vie ; il avait des grandes tendresses pour leur salut, il s'est offert plusieurs fois de nous venir joindre quand nous étions à Onnontaghé, afin de travailler ensemble à la conversion de ces barbares. Il l'aurait fait si sa complexion et ses forces eussent correspondu à son courage."

Ce fut surtout aux hospitalières de Saint-Joseph, dont M. Vignal était le supérieur et le confesseur, que cette mort fut sensible. Elles en parlaient ainsi à leurs soeurs de France : "Nous nous flattions de posséder longtemps M. Vignal, qui nous avait été donné en remplacement de M. Le Maître ; mais Dieu en a disposé autrement et lui a fait éprouver le même sort qu'à ce dernier. Étant allé avec quelques ouvriers à l'Ile à la Pierre, il fut reçu par les Iroquois qui le prirent et le tuèrent.

Ce sont là des circonstances bien douloureuses pour ses amis, mais particulièrement pour nous qui en sommes vivement affligées... Il était très porté pour nos intérêts, et nous affectionnait beaucoup."
M. Vignal, comme tant d'autres colons qui avaient abandonné positions du monde, affections de famille, patrie pour venir en Canada conquérir à Dieu des âmes, s'était consacré au service du divin Maître, service qui, ainsi qu'il nous l'a appris lui-même, doit être une lutte.
M. Vignal était un véritable serviteur de Dieu ; il aspirait au martyre qui rend l'homme le plus semblable au divin Maître, et son désir le plus intense était d'en conquérir la couronne.
Dieu exauça le désir de ce saint prêtre et, pour prix de ses vertus, il lui donna la récompense la plus enviable pour toute âme vraiment chrétienne : le martyre.

LE MAJOR LAMBERT CLOSSE

1641-1662

I - DES QUALITÉS ET DU COURAGE DE LAMBERT CLOSSE.

"C'était un homme dont la piété ne cédait en rien à la vaillance, et qui avait une présence d'esprit tout à fait rare dans la chaleur des combats. Il a tenu ferme, à la tête de vingt-six hommes seulement, contre deux cents Onnontagherons, combattant depuis le matin jusques à trois heures de l'après-midi, quoique la partie fût si peu égale... Il leur a souvent fait lâcher prise, les repoussant des postes avantageux et même des redoutes dont ils s'étaient emparés, et a justement mérité la louange d'avoir sauvé Montréal et par son bras et par sa réputation. Aussi a-t-on jugé à propos de tenir sa mort cachée aux ennemis de peur qu'ils n'en tirassent un avantage."

Tel est l'éloge que le R.P. Hierosme Lalemant fait du major Lambert Closse dans la Relation de 1662 en annonçant sa mort qu'il signale comme une "perte notable" pour Montréal. "Cet éloge," ajoute le révérend père, "nous le devions à sa mémoire puisque Montréal lui doit la vie."

Il est donc de simple justice que nous placions Lambert Closse dans cette première série "des Illustrations canadiennes," puisque à tous ses autres mérites s'ajoute le plus grand de tous : avoir sauvé la vie de Montréal. Sauver Montréal à cette époque de guerres incessantes et d'attaques furieuses des sauvages, c'était par cela même sauver la Nouvelle-France tout entière, car Montréal en était le rempart le plus puissant, En complétant donc l'éloge du R.P. Lalemant nous pouvons dire en toute vérité que Montréal et la Nouvelle-France doivent leur salut au brave major Lambert Closse.

Lambert Closse qui naquit à Saint-Denis de Mourguer, dans le diocèse de Trèves, avait accompagné M. de Maisonneuve, lors de la fondation de Villemarie.

Son but, comme celui de la plupart de ses compagnons, n'était pas de conquérir des terres ou d'exploiter les richesses de ces pays nouveaux, mais de gagner à Dieu les habitants idolâtres, et de payer de tout son sang l'établissement de la foi catholique dans ces régions où n'avaient régné jusqu'alors que les plus abjectes superstitions.
Cet héroïque chrétien avait bien réellement fait le sacrifice de sa vie pour son Dieu ; ce généreux dessein lui tenait tellement au coeur qu'à tous ceux qui l'exhortaient à la prudence, et lui disaient qu'il se ferait tuer, vu la facilité avec laquelle il s'exposait partout pour le service du pays, il répondait toujours : "Messieurs, je ne suis venu ici qu'afin d'y mourir pour Dieu en le servant dans la profession des armes ; si je n'y croyait mourir, je quitterais le pays pour aller servir contre le Turc et n'être pas privé de cette gloire."
Avec ces admirables dispositions, on ne doit pas s'étonner que Lambert Closse ait rendu de nombreux et signalés services à la colonie. Il était partout et partout il faisait des merveilles ; il avait l'honneur de commander en second la garnison de Villemarie. Malheureusement dans ces temps si troublés, où les périls les plus graves menaçaient incessamment les colons, on n'avait guère le temps d'écrire l'histoire au jour le jour ; aussi beaucoup de belles actions, accomplies par Lambert Closse et d'autres de ses compagnons, sont-elles restées ignorées.
Nous savons cependant par des écrits du temps, soit de M. Dollier de Casson, soit de la mère Juchereau, que Lambert Closse se montrait toujours et partout l'ami des braves et le fléau des poltrons, et qu'il prenait le plus grand soin de ses soldats en les exerçant fréquemment au maniement des armes.

Il voulait ainsi les aguerrir et les rendre plus confiants en eux-mêmes. Quant à lui, singulièrement habile à manier le mousquet, il pouvait, par son adresse à se servir de cette arme, être comparé à ces guerriers dont il est dit dans la Bible, qu'avec leur fronde, ils auraient atteint jusqu'à un cheveu sans donner ni à droite ni à gauche. Il paraît même qu'il exerçait ses soldats non seulement à tirer juste, mais à tirer toujours en face d'eux-mêmes de manière à tuer le plus d'ennemis, en tirant chacun sur le sien.

II - RÉSULTATS DES EXERCICES QUE LE MAJOR FAISAIT FAIRE AUX SOLDATS.

Ces résultats étaient excellents ainsi que le prouve le trait suivant, fort surprenant, et peut-être unique dans son genre. C'est la mère Marie Juchereau qui la rapporte dans son Histoire de l'Hôtel-Dieu de Québec.

"Une fois," dit-elle, "une armée formidable d'Iroquois assiégea une des redoutes construites par les habitants de Villemarie à la pointe Saint-Charles. M. de Maisonneuve, s'étant informé où étaient les quatre hommes qui en avaient la garde, demanda à ceux du fort s'ils laisseraient périr leurs camarades. Il n'a pas plutôt parlé que vingt d'entre eux s'offrent pour aller les délivrer de cette multitude de barbares qui environnent la redoute. Après avoir tous reçu l'absolution, ils partent sous la conduite de M. Closse et prennent un chemin détourné pour arriver sans être aperçus ; mais ils ne purent si bien faire que les ennemis ne les découvrissent ; ce qu'ils marquèrent aussitôt par des huées et des cris bien propres à effrayer les plus braves.

"Sans être alarmés de ces cris, ils s'encouragent à vendre leur vie bien cher ; et, afin de se battre à la manière des sauvages, chacun choisit un arbre pour se cacher et essuyer le feu des ennemis. Durant ce temps les Iroquois les voyant à portée du mousquet, font tous ensemble une décharge et tuent quatre de ces Français. Aussitôt M. Closse exhorte les seize qui restaient à demeurer fermes et à tirer leur coup si juste qu'ils jetassent par terre seize Iroquois. Ils tirent et abattent seize hommes. Incontinent, prenant le pistolet qu'ils avaient à leur ceinture, ils font une seconde décharge et seize Iroquois tombent à l'instant. Étonnés de voir trente-deux des leurs tués en si peu de temps, les Iroquois sont comme déconcertés ; et les autres, profitant de cet avantage, sans donner aux ennemis le temps de recharger leur mousquet, mettent promptement l'épée à la main et les obligent à prendre la fuite.

Ils les poursuivent jusqu'au fleuve Saint-Laurent où les Iroquois entrèrent précipitamment dans l'eau et s'y plongèrent jusqu'au cou pour se sauver. Puis ces seize colons victorieux ramenèrent dans le fort, à la vue des sauvages tremblants, les quatre soldats de la redoute."

Dans l'été de 1652, Mlle Mance, anxieuse de savoir des nouvelles de M. de Maisonneuve alors en France, voulut se rendre à Québec ; elle pria Lambert Closse de l'accompagner jusqu'aux Trois-Rivières "afin de lui faciliter le voyage." Pendant qu'il était avec elle dans cette ville, des sauvages, venant de Montréal, annoncèrent que les Iroquois se montraient plus terribles et plus agressifs que jamais. L'épouvante régnait dans la place et les habitants ne savaient que devenir. Ayant entendu ces mauvaises nouvelles, le major Closse laissa Mlle Mance et remonta au plus vite à Montréal, où son retour fit renaître la confiance, tant on faisait fond sur sa bravoure et son sang-froid.

A son arrivée le brave Major fut récréé et affligé en même temps par une histoire bien plaisante.

Une femme de vertu qu'on nommait la bonne femme Primot, Martine Messier, femme d'Antoine Primot, fut attaquée, le 29 juillet 1652, par trois Iroquois qui s'étaient cachés pour la massacrer. Ils n'étaient qu'à deux portées de fusil du fort lorsqu'ils l'assaillirent. La brave femme pousse un grand cri, et à ce cri trois bandes d'Iroquois qui étaient en embuscade, se lèvent et paraissent en armes. Les trois premiers Iroquois se jetèrent sur elle pour la tuer à coups de haches ; Martine Primot se défend comme une lionne, bien que n'ayant pour seules armes que ses mains et ses pieds.

Au troisième coup de hache, elle tombe à terre, comme morte ; alors un des Iroquois se jette sur elle pour la scalper, et emporter sa chevelure comme trophée. Mais cette vaillante femme, se sentant ainsi saisir, reprend tout à coup ses sens, se relève plus furieuse et plus courageuse encore, et saisit son assassin avec tant de force par un endroit très sensible qu'il ne peut se dégager de ses mains. Il lui donnait toujours des coups de hache sur la tête, et toujours elle le tenait avec autant de force. Elle s'évanouit enfin une seconde fois et donne ainsi à l'Iroquois la liberté de s'enfuir. C'était la seule chose à laquelle il pensait à ce moment, car il était sur le point d'être enveloppé par des colons qui accouraient au secours de la bonne femme Primot.

Les Français, dès qu'ils furent près d'elle, la trouvèrent baignée dans son sang et l'aidèrent à se relever ; lever ; l'un d'eux, touché de compassion pour ses souffrances, l'embrassa. Mais cette femme, aussi vertueuse que courageuse, revenant à elle, et se sentant embrassée, appliqua un vigoureux soufflet à ce charitable auxiliaire, qui n'avait cependant que les intentions les plus pures.

"Que faites-vous, dirent à Martine Primot les autres Français ? Cet homme vous témoigne son amitié sans penser à mal, pourquoi le frappez-vous ?"—"Parmenda, répondit-elle en son patois, je croyais qu'il voulait me baiser." Le courage et la vertu de cette femme ont inspiré à M. Dollier de Casson les réflexions suivantes : "C'est une chose étonnante que ses profondes racines que jette la vertu dans un coeur. L'âme de cette héroïne était prête à sortir de son corps, son sang avait quitté ses veines et la vertu de pureté était encore inébranlable en son coeur.

Dieu bénisse le noble exemple que, dans cette occasion, cette bonne personne a donné à tout le monde pour la conservation de cette vertu. Mme Primot, ajoute-t-il, est encore vivante, et on l'appelle communément Parmenda, à cause de ce soufflet qui surprit tellement un chacun que ce nom lui est resté."

III - COMBAT CONTRE LES IROQUOIS, 14 OCTOBRE 1652.

Quelque temps après, le 14 octobre de la même année, le major Closse eut l'occasion de montrer de nouveau son sang-froid et sa bravoure dans un combat contre les Iroquois dont la présence avait été signalée par les dogues.

Les Français avaient amené de France quelques dogues pour veiller, à leur manière, à la sûreté du fort. "Ces chiens faisaient tous les matins une grande ronde pour découvrir les ennemis et allaient ainsi sous la conduite d'une chienne nommée Pilotte. L'expérience de tous les jours avait fait connaître à tout le monde cet instinct admirable que Dieu donnait à ces animaux pour nous garantir—c'est M. Dollier de Casson qui parle—de quantité d'embuscades que les Iroquois nous faisaient partout, sans qu'il nous fût possible de nous en garantir, si Dieu n'y eut pourvu par ce moyen." Le P. J. Lalemant, dans la Relation de 1647, parle lui aussi de l'instinct merveilleux et providentiel de ces dogues. "Il y avait dans Montréal, dit-il, une chienne qui jamais ne manquait d'aller, tous les jours, à la découverte conduisant ses petits avec elle ; et si quelqu'un d'eux faisait le rétif, elle le mordait pour le faire marcher. Bien plus : si l'un d'eux retournait au milieu de sa course, elle se jetait sur lui, comme par châtiment au retour. Si elle découvrait dans ses recherches quelques Iroquois, elle tirait court, tirant droit au fort en aboyant et donnant à connaître que l'ennemi n'était pas loin."

Or le 14 octobre 1652, les chiens firent entendre de nombreux aboiements signalant la présence de l'ennemi, qui devait se trouver du côté où regardaient ces intelligents animaux. Le major Lambert

Closse, qui était toujours sur pied dans toutes les occasions, eut l'honneur d'être chargé par M. des Musseaux, d'aller à la découverte.

Il partit aussitôt avec vingt-quatre soldats se dirigeant vers l'endroit qu'indiquaient les chiens. Il détacha en avant-garde trois de ses soldats : La Lochetière, Baston et un autre avec l'ordre de s'arrêter en un lieu qu'il leur désigne. La Lochetière, emporté par son courage, dépasse ce lieu, et, pour découvrir plus aisément l'ennemi, monte sur un arbre, afin de voir si les Iroquois ne se trouvaient pas dans un bas-fond. Il y en avait tout près de cet arbre. Dès que La Lochetière y fut monté, ils poussent d'abord leurs huées ordinaires, puis font une décharge qui tue La Lochetière, mais non pas assez vite pour qu'il ne puisse d'un coup de son arquebuse tuer lui aussi un des Iroquois. Les deux autres éclaireurs, comprenant le danger et craignant d'être enveloppés, se retirent et subissent de furieuses décharges auxquelles ils échappent sains et saufs.
Lambert Closse se prépare à une énergique défense contre cet ennemi, comme toujours très supérieur en nombre. On tient ferme pendant quelque temps, mais on allait être investi de toute part par deux cents Iroquois quand un brave habitant, Louis Prudhomme, qui se trouvait dans une petite maison, crie au major de se retirer au plus vite s'il ne veut être enveloppé. Closse se retourne, et voit le péril extrême dans lequel on se trouve, car les Iroquois environnent déjà sa petite troupe et même la maison où se trouve Prudhomme. Le salut, si salut il peut y avoir, est dans cette maison ; à tout prix, il faut s'y réfugier. Il commande donc à sa petite troupe de forcer les Iroquois et d'arriver à la maison coûte que coûte. Cet ordre est exécuté avec tant d'audace et d'élan que les Français, après avoir rompu les lignes de leur ennemis, peuvent gagner ce refuge.

Dès qu'ils y sont entrés, ils se mettent tous à percer des meurtrières, d'où ils dirigent un feu nourri sur les sauvages. Ceux-ci pressés autour de la maison qu'ils entourent de toute part, ripostent vigoureusement ; leurs balles passent au travers des murs de cette bicoque, construite très légèrement, et l'une d'elles vient blesser et mettre hors de combat un des assiégés, Laviolette. Ce fut une perte sensible pour cette troupe déjà si peu nombreuse, car Laviolette, un des plus beaux soldats de Montréal, s'était toujours montré très courageux et invincible. Les assiégés ne sont cependant pas abattus, ils continuent à faire des décharges meurtrières qui, dès le début, renversent par terre un grand nombre d'Iroquois, les mettant dans un grand embarras, car selon leur coutume, ils ne voulaient pas abandonner leurs morts, et ils ne savaient comment les enlever, car chaque ennemi qui s'approchait était reçu par une terrible décharge. Le feu continue avec la plus grande vigueur, tant qu'on a des munitions ; mais bientôt elles viennent à manquer car on ne s'était pas approvisionné pour soutenir un siège.

La position de nos braves devient des plus critiques ; il faut ou se rendre à discrétion à ces cruels Iroquois, ou se précipiter au milieu d'eux et mourir les armes à la main. Le major Closse a la charge de cette petite armée, et doit tout faire pour la sauver, et ne s'abandonner lui et les siens que lorsque tous les moyens, tous les expédients auront été épuisés. Il aperçoit une chance de salut, il va essayer. On peut encore être sauvé si quelqu'un a assez de courage pour se rendre jusqu'au fort et en ramener des munitions. A peine a-t-il indiqué cette chance suprême que Baston, excellent coureur, s'offre à lui pour tenter l'aventure.

Le major, transporté de joie d'un tel dévouement, prodigue à ce brave les témoignages d'amitié ; il fait ouvrir la porte et protège la sortie de cet audacieux soldat par des décharges bien nourries.

Baston est assez heureux pour traverser les feux des Iroquois sans recevoir aucune blessure ; il arrive bientôt au fort et en revient immédiatement avec dix hommes, conduisant deux pièces de campagne, prêtes à tirer, et des cartouches. Pour aller au fort à la maison assiégée, on profite d'un rideau qui cachait aux Iroquois l'arrivée de cet inappréciable renfort. Dès qu'on se trouve à découvert, on décharge sur les Iroquois les deux petites pièces de campagne, et M. Closse ayant fait au même moment une sortie, le renfort put entrer dans la petite maison. Dès qu'il y fut arrivé, le feu éclate avec une nouvelle intensité pour montrer aux Iroquois "si cette poudre nouvelle valait bien la précédente."

Les choses changent alors rapidement de face ; les Iroquois comprenant que ce siège devient trop meurtrier pour eux, se décident à battre en retraite. Mais pendant cette retraite qui dégénéra bientôt en déroute complète, ils furent assaillis par de nouvelles décharges qui tuèrent plusieurs de ces sauvages. On ne put savoir les pertes qu'ils firent dans cette rencontre si meurtrière pour eux, parce que, quoiqu'ils aient eu beaucoup de morts, ils les emportèrent presque tous et parce que, selon leur habitude, ils se gardèrent de se vanter des gens qu'ils avaient perdus. "Il est vrai, dit M. Dollier de Casson, en parlant de ce combat, que les Iroquois n'ont pu se taire absolument et que exagérant leurs pertes, ils les ont exprimées en ces termes : Nous sommes tous morts.

Quant aux blessés, ils ont avoué dans la suite trente-sept guerriers complètement estropiés par suite de cette action."
Au sujet de la coutume des Iroquois d'emporter leurs morts, voici ce que remarque M. Dollier de Casson : "Quoique ces barbares ne soient pas très forts, ils ont cependant une force étonnante pour porter des fardeaux, chacun pouvant avoir sur ses épaules la charge d'un mulet et s'enfuir ainsi avec un mort ou un blessé, comme s'il ne portait presque rien, c'est pourquoi il ne faut pas s'étonner si, après les combats, on trouve si peu de leurs morts puisqu'ils font tant d'efforts pour les emporter."
Quant aux Français, ils ne perdirent dans ce combat qu'un seul homme, La Lochetière, et n'eurent qu'un blessé, Laviolette.

IV - LAMBERT CLOSSE REMPLACE M. DE MAISONNEUVE.—SON MARIAGE.

Vers la fin de 1655, M. de Maisonneuve passe en France. Le but principal de son voyage était de demander à M. Olier, l'illustre fondateur du séminaire de Saint-Sulpice, quelques-uns de ses prêtres pour prendre soin de l'île de Montréal. Avant de partir, il nomma pour exercer le commandement pendant son absence, le brave major Closse Il avait su assez l'apprécier pour juger qu'il était tout à fait propre à le remplacer, tant à cause de son expérience dans le métier des armes que par le grand ascendant que ses vertus et sa bravoure lui avaient acquis sur les soldats et sur les colons. Lambert Closse exerça ce commandement pendant toute l'année à la satisfaction générale ; il montra clairement à tous qu'il savait et qu'il méritait de commander.

En 1657, Lambert Closse épousa Mlle Elizabeth Moyen, fille adoptive de Mlle Mance, dont les parents avaient été cruellement mis à mort par les Iroquois le jour de la fête du Saint-Sacrement de l'année 1655. Jean Moyen, sieur Des Granges, et sa femme Elizabeth le Brest s'étaient établis avec toute leur famille dans l'île aux Oies, sous Québec. Ils y résidaient lorsqu'ils furent surpris par les Iroquois. Les gens de service étant absents, M. et Mme Moyen ne purent être secourus, et furent mis à mort, ainsi que trois ou quatre travailleurs au service de M. Denis. Après avoir tué tous ceux qu'ils purent prendre, ils firent prisonniers et amenèrent dans leur pays les enfants de M. Moyen et ceux de M. Macart, pendant qu'une partie de leur troupe fut attaquer Montréal.

Mais là ils éprouvèrent des échecs et eurent plusieurs des leurs faits prisonniers, entre autres un de leurs capitaines la Plume. Un échange de prisonniers se fit peu après, entre les Français et les Iroquois, par lequel les demoiselles Elizabeth et Marie Moyen et les deux filles de M. Macart furent rendues à la liberté.

Mlle Mance les reçut à l'Hôtel-Dieu et témoigna à ces orphelines l'affection et la sollicitude d'une mère.
Le 21 novembre 1657, fête de la Présentation, eut lieu à Montréal la première nomination des marguilliers, à la joie de tous les colons qui voyaient ainsi le commencement de l'organisation de leur chère paroisse. Parmi les plus heureux, se trouvait le major Closse qui, à cette occasion, donna à l'église Notre-Dame deux cent cinquante livres, et quelques jours après trois cent vingt-cinq pour reconnaître la protection dont les avait entourés leur puissante patronne.

V - MORT DE LAMBERT CLOSSE, 16 FÉVRIER 1662.

Nous voici arrivé à une date fatale, 16 février 1662, date à laquelle Lambert Closse perdit la vie. Sa mort fut incontestablement la perte la plus grande qu'eut faite Montréal depuis sa fondation. Aussi la mort de ce brave, de ce chrétien qui s'était illustré par tant de beaux faits d'armes et par de si éclatantes vertus, plongea-t-elle dans le deuil toute la colonie.

Ce fut le 16 février que ce malheur arriva. Ce jour-là, le major, toujours prêt à exposer sa vie pour protéger les colons en danger, était accouru à la tête de quelques braves au secours de travailleurs attaqués par des Iroquois. Il se trouvait avec lui un Flamand qui lui servait de domestique. Les Iroquois faisaient contre les Français un feu terrible qui effraya tellement ce lâche serviteur qu'il se hâta de prendre la fuite, abandonnant ainsi Lambert Closse. Un autre serviteur nommé Pigeon, à cause de sa petite taille, fit montre au contraire dans cette rencontre d'un grand courage, et s'avança tellement au milieu des ennemis qu'il ne dut qu'à l'extrême rapidité de sa course d'échapper à leurs balles. "Si le Flamand, dit M. Dollier de Casson, avait eu le courage du Pigeon français qui était son compagnon, M. le major serait peut-être aujourd'hui encore en vie, car ce Pigeon fit merveille et s'exposa si avant que s'il n'eût eu de bonnes ailes pour s'en revenir, il eût été perdu lui-même et ne fut jamais revenu à la charge." La fuite du Flamand donna du courage aux Iroquois pour attaquer Lambert Closse, qui se trouvait ainsi moins entouré. Ne perdant rien de son sang-froid et de son courage, le major ainsi délaissé, s'apprête à combattre héroïquement ; et si

Dieu n'eut permis que ses deux pistolets n'eussent raté, l'un après l'autre, il eût probablement changé la fortune du combat, ou, tout au moins, fait éprouver aux Iroquois de sérieuses pertes.

Mais avant d'avoir pu recharger ses armes, Lambert Closse était atteint et tombait mort. "Il mourut en cette rencontre, en brave soldat de Jésus-Christ, après avoir mille fois exposé sa vie, sans jamais craindre de la perdre, n'étant venu dans ce pays que pour la sacrifier à Dieu." C'est ainsi que M. Dollier de Casson termine le récit de la mort du Major qui, comme nous l'avons déjà fait remarquer, était aussi remarquable par ses qualités privées, par ses vertus chrétiennes, que par son courage militaire.
Lambert Closse, en mourant, laissait sa jeune femme de 19 ans, Elizabeth Moyen, avec une fille de deux ans et dans des embarras d'affaires. Sa mère adoptive, Mlle Mance qui l'aimait comme si elle eut été sa propre fille, s'engagea à payer annuellement aux créanciers les sommes qui leur étaient dues, et Mme Closse détacha pour la même fin dix arpents de son fief. Plus tard le séminaire remit gratuitement à la veuve du brave major tous les droits qu'il avait sur ce fief et cela en considération des bons et agréables services que son mari a rendus à l'établissement de cette colonie, où il a été tué par les Iroquois en la défendant. La mort de Lambert Closse, par suite des difficultés des communications, ne fut connue à Québec qu'à la fin de mars ; elle y excita, comme à Montréal, des regrets universels.

FIN